衛斯理系列 少年版 10
回歸悲劇

下

作者：衛斯理

文字整理：耿啟文

繪畫：余遠鍠

U0164503

老少咸宜的新作

　　寫了幾十年的小說，從來沒想過讀者的年齡層，直到出版社提出可以有少年版，才猛然省起，讀者年齡不同，對文字的理解和接受能力，也有所不同，確然可以將少年作特定對象而寫作。然本人年邁力衰，且不是所長，就由出版社籌劃。經蘇惠良老總精心處理，少年版面世。讀畢，大是嘆服，豈止少年，直頭老少咸宜，舊文新生，妙不可言，樂為之序。

倪匡　2018.10.11　香港

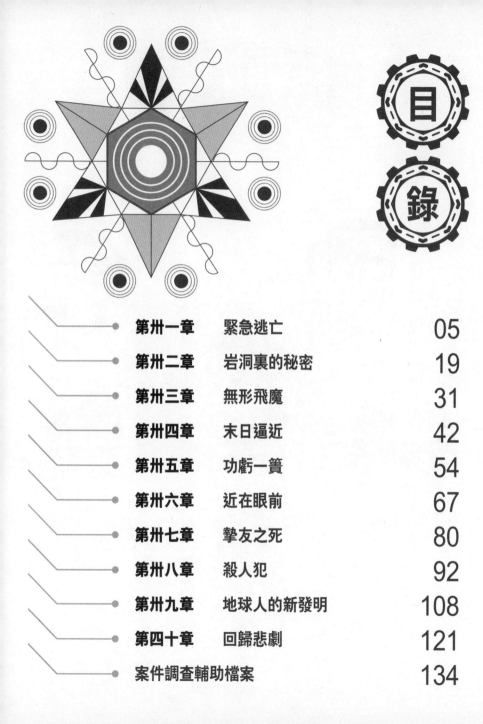

目錄

主要登場角色

方天

納爾遜

衛斯理

井上長老

小納

齊飛爾將軍

第卅一章

緊急逃亡

我想開門出去拾回那柄 **手槍**，但是已經來不及了，外面已傳來匆忙的腳步聲和説話聲。

納爾遜繼續用槍 *脅持* 住井上長老，我湊近鎖匙孔，觀察外面的情況，看到走廊上跑來了四五個人，他們神色驚訝，議論紛紛：**「剛才好像是井上長老在叫。」**

「是啊，可是又看不見人。」

「那會不會是井上長老修煉時的叫聲而已？」

眾説紛紜間，忽然有人叫道：「**看！是井上長老的佩槍！**」

眾人隨即沉默下來，我和納爾遜十分緊張，擔心他們會進入儲物室調查，我倆都握緊手中的槍，準備隨時迎戰。

而房間裏，井上長老則臉帶笑容，納爾遜的槍依然指着他的鼻尖，低聲警告他：「別發出任何聲響，別忘記，我的子彈一定比他們快。」

幸好那些**沉迷**邪教的**嘍囉**，都是沒有主見、只懂聽命令的笨蛋，在靜默了片刻後，其中一個人便説：「井上長老可能出意外了，我們快去向其餘兩位長老報告！」

井上長老的笑容立刻消失，但我和納爾遜也不敢鬆懈，因為我們知道，那些嘍囉遲早會找到這個**儲物室**來的，我們必須盡快從井上長老口中審問出所需的資訊！

我來到井上長老面前，説：「井上先生，為了你自己的安全，你必須回答我們的問題。首先，被你們擄拐回來、強迫他作**飛行表演**的方天在哪裏**？**」

井上長老很狡猾，**支支吾吾**地説：「方天嗎？這個名字有點熟。讓我想想⋯⋯你要知道，我們每天擄拐回來的人**多不勝數**⋯⋯」

我知道他是在故意拖延時間，等待部下們來救他，我立刻也用手槍指着他説：「聽説長老有三個之多，殺掉一個也沒有什麼大不了，反而能**殺一儆百**。信眾們看到長老慘死，自然會動搖到他們的信仰，對我們更有利。」

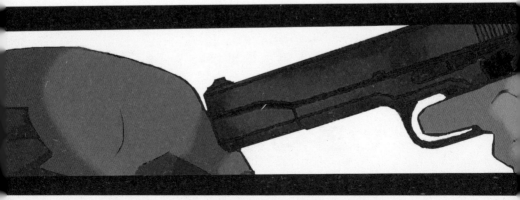

我假裝要開槍，井上長老終於不敢拖延，立刻答道：「他正在三樓的長老室中，受着十分優越的待遇。」

我立即又問：「**佐佐木季子**呢？」

井上嚴肅地說：「她是我們選定的＋**聖女**＋，在即將召開的信徒大會上，她要赴海向＋**海底之神**＋傳達我們的信仰，在此之前，絕不能見外人**！**」

他們已害了佐佐木博士這樣一個傑出的醫學家，現在還要把他的女兒當作**祭品**來犧牲，用殘酷的邪教儀式去迷惑信徒，簡直**罪不可恕**。

　　我登時**怒不可遏**，「啪啪」兩聲，重重地摑了他兩巴掌！

　　井上長老痛得呻吟着，憤怒地斥喝道：「妄觸長老聖體的人，手臂定當折斷。」

　　「反正是斷，我多摑兩掌再説！」我話一説完，又是兩掌摑了過去，然後再問：「佐佐木季子在哪裏？」

　　井上長老**不情不願**地説：「她在頂樓的 **聖女室** 。」

　　「這兩個地方有守衛麼**？**」

　　「廢話。」井上的態度還是有點傲慢。

「你是月神會的長老，一定有辦法可以使我們順利進入這兩個房間的。」

井上冷冷地說：「我沒有辦法。」

「如果你沒有辦法，那就只好用我們的辦法了。」我抓住他的手臂，把他拉起來。

「你想怎樣？」井上緊張地問。

「拿你作**人質**，前去救人。」

井上冷笑道：「沒有用的，月神會絕不受人**威脅！**」

我也冷笑道：「是嗎？那麼拿你當 肉盾，擋一下子彈也是不錯的。」

我和納爾遜合力脅持他前行，他終於驚恐地說：「等等！我可以將**長老的信符**交給你們。」

「有了長老的信符，我們就可以通行無阻？」我問。

他回答道：「只有長老，才能盤問持有長老信符的人。」

「快拿來**！**」我催促他。

「掛在我頸上的就是了。」

　我把他頸上的除下來，金鏈繫着一顆

，而珠子的兩旁，各有一塊小小的

金牌，上面刻着一些字，但因為燈光太暗、字太小，看不

清楚。

　這件東西一取到手，我便向納爾遜打了個 眼色，

他隨即一掌劈昏了井上長老。

　　我從鎖匙孔看到外面走廊暫時沒有人，連忙打開了門，與納爾遜一起走出去。

　　我們小心翼翼地走到三樓，看到一扇門前有**兩個胖子** 守着，我便走過去，示意他們將門打開。可

是他們一動也不動，我揚着信符，喝道：「你們還不開門？」

其中一個胖子**質疑**道：「這門的鎖匙，只有長老才有，因為這裏是長老室。井上長老請你們來，難道沒有將鎖匙交給你們嗎？」

我聽了那胖子的話，不禁**目瞪口呆**！

那兩個胖子的眼神已露出**殺氣**，我和納爾遜立刻先發制人，**猛地揮拳**，擊向他們的肚子。

怎料兩個胖子卻**非同小可**，肚子中了拳，依然**不動如山**，還冷冷一笑。

我們知道如果用拳腳功夫制伏敵人，必定會糾纏很久，所以我們都果斷地拔出了槍，向兩個胖子的大腿射去。

「**砰砰**」兩聲，兩個胖子的大腿中槍，雙雙倒地。

槍聲響後，其他房間的門都打了開來，走廊兩端更有七八個人，飛奔而來。

我連開幾槍把長老室的門鎖打掉，踢開了門，與納爾遜躲進房裏去，看到房裏只有方天一人。

我們連忙把門關上，又推倒一個櫃子暫時擋住了門口。

方天見了我，蒼白的面上現出一絲笑容來：「我早知你會來的。」

「你別高興得太早，如今我們只有一條路逃生！」我邊說邊跑到窗邊，往外看去。

「你打算從窗口逃出去？」方天驚訝地說：「不可能的！我們還未爬到地面，就已經被人發現了。」

我糾正他：「不是爬，是**跳海！**」

這時到納爾遜**驚叫**：「你忘了海裏有 **水雷** 嗎？」

我解釋道：「我記得水雷與岸邊之間也有兩三米的距離，以防止水雷誤撞岸邊爆炸。我們只要剛好落在那個 **安 全 區 域** 就沒事。」

但方天已驚恐得**牙關打顫**，「有可能嗎？我們跳得太近的話，會跌死在岩石上，但如果跳得太遠，就會觸碰到水雷被炸死**！**」

我點點頭說：「沒錯，要剛剛好！」

這時候，外面的嘍囉們撞門撞得厲害，而且不停向門開槍。在房門連櫃子將要倒下來之際，我們別無選擇了，我 **身先士卒**，向窗外跳出去，納爾遜隨之，而方天最後也不得不 **硬着頭皮**，跟我們一起跳！

感謝幸運之神的 **眷顧**，我們三人總算先後落到了海中的安全區域。我們不能向外游，因為外面都佈滿了水雷，所以我們只能繞着岸邊游，游了十多分鐘後，我們發現一個可棲身的 **巖洞**，於是躲了進去。

方天一邊喘着氣，一邊擔心地問：「接下來該怎麼做？我們怎樣逃離這個地方**？**」

我安慰道：「別急，先歇息一下。我們要有充足的體力和冷靜的頭腦，才有機會逃出去。」

　　但事態發展卻不容許我們冷靜下來，因為自岩洞的深處，竟傳來一陣「**軋軋軋**」的聲音，那表示——**洞裏有人**！

第卅二章

岩洞裏的秘密

那「**軋軋軋**」的聲音，斷斷續續地響着，納爾遜低聲問：「你們聽這是什麼聲音？」

方天皺着眉，認真地聽着，「那像是*風鎬*的聲音」。

納爾遜又説：「難道月神會要在岩洞裏建造什麼秘密場所**？**」

我提議道：「我們去看看便知道。」

大家都點了點頭贊成，於是我們涉水向岩洞深處走去。轉了幾個彎後，前面出現了**燈光**。

　　我們立即躲到一旁，慢慢地探出頭來，向前偷看，發現有幾個**電燈泡**掛在石壁上，在燈光的照耀下，我們看到了**三個人**。

　　那三個都是年輕人，但他們的頭髮和鬍鬚卻長得像深山**野人**一樣。其中一個人，雙手持着一柄風鎬，正在石壁上開洞。

　　而他們的四周，凌亂地堆放了三張**厚毛氈**、許多**罐頭食物**、幾個**大箱**、幾隻**水杯**和一個正在燒咖啡的**酒精爐**等等。

　　從這些東西看來，那三個人似在岩洞裏住了一段日子。

　　我和納爾遜都大感疑惑，如果這三個人是月神會的人，他們沒必要睡在岩洞裏。但如果說他們不是月神會的人，那麼發電機、風鎬以及那麼多的物品，是怎樣運進來的？他們又在這裏幹什麼呢？

我們心裏充滿疑惑，但不論對方是否月神會的人，為安全起見，我們必須**先發制人**。

於是我拔出手槍，跨前去，**大聲**叫道：「朋友們，舉起你們的手來！」

他們三個人登時呆住了，那個持着風鎬的，甚至忘記關上風鎬，以致他的身子隨着風鎬的震動而發着抖，十分滑稽。

納爾遜和方天也站出來了。

對方三人面色變得**慘白**，相互望了一眼，閉上眼睛，悲痛地説：「**完了，完了**，我們盡了這樣大的努力，竟然在最後關頭被你們發現了**！**」

「你們是什麼人？到底在幹什麼？」我質問道。

他們在手槍的威脅下，依然顯得很**倔強**，其中一人説：「要殺就殺，廢話少説。我們就算做了鬼，也不會放過你們月神會的每一個人！」

　　説出這樣的話，他們自然不是月神會的人，我稍為鬆一口氣，也**坦白**告訴他們：「我們不是月神會的人，相反，我們是剛剛從月神會總部逃出來的。」

　　他們聽了先是很驚訝，然後非常緊張地問：「你們是從月神會總部逃出來的？**那麼你們有沒有看到三個少女？**她們很年輕的，十八九歲左右……」

　　納爾遜連忙説：「你們先冷靜，到底發生了什麼事**？**」

23

他們情緒激動，其中一人解釋道：「我們三個是 **志同道合** 的人，我們的家人都死在月神會兇徒手上，而我們的妹妹都被月神會 **擄拐** 了，被迫擔任 **聖女**，其實就是在邪教儀式上當祭品。我們嘗試過報警，但警察總說找不到證據，於是我們只好靠自己來救人 **!**」

我即時想起曾經見過三個少女在我面前跳舞，月神會的人說她們是被選中的聖女，她們很可能就是這三位年輕人的

妹妹了!

　　方天也在喃喃自語:「季子……季子也被他們抓了去當聖女。」

　　「你們救人的方法,就是在這裏挖地道上去嗎?」納爾遜感到**匪夷所思**。

　　那人說:「對。雖然聽起來很**不可思議**,但我們別無他法了,恰巧我們都是**地道工程**的專才,我們有信心能成功的。」

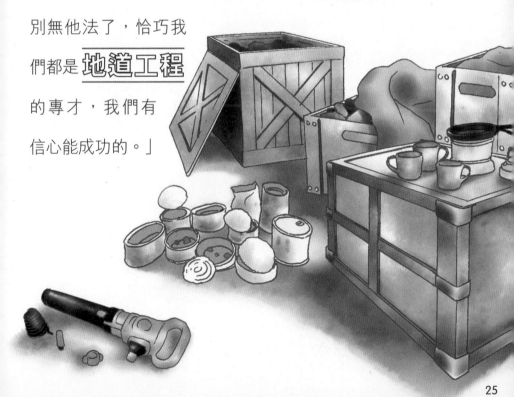

納爾遜立時對他們肅然起敬，説：「不瞞你們，我其實是國際警方部隊的遠東總監，如果我成功逃出去的話，我一定派部隊來協助你們救人！」

「真的？」那三人**興奮不已**。

「當然是真的。」不過納爾遜嘆一口氣：「可是，現在我也**自身難保**，被水雷陣**重重圍困**，無法逃出去。」

那三個年輕人突然笑了起來，指了指他們那些機器、工具、食物等東西，笑説：「這些東西，你們以為我們是穿過水雷陣運進來的嗎？」

我即時**恍然大悟**，連忙問：「對啊，你們是怎麼把這些東西運進來的？莫非還有其他的通道？」

那年輕人説：「不錯，那是我們花了幾個月的工夫發現的。」

我們三人**迫不及待**地追問：「通道在哪裏？」

「那條通道，全是水道，有些地方非常狹窄，人要伏在船上，才能通過去。」那年輕人指着一個方向説：「你們往那邊走，便會發現一條小船，從小船停泊的地方起，石壁上有 發光漆 做了 記號，只要循着記號划船，你們便可以繞到 水雷陣 之外，到大海去。不過，那裏離月神會的總部仍然很近，你們必須小心！」

「好！」納爾遜拍了一下胸膛説：「我保證，逃出去後，立刻調動部隊，派幾十條同樣的小船，運送 特工 和 武器裝備 回來這裏協助你們救人！」

「一言為定！我們一邊挖地道，一邊等你們！」三個年輕人又繼續去忙了。

「軋軋」的風鎬聲再度響起，我們三人依照年輕人的指示向前走，果然看到一條 小木船 停在角落，旁邊的石壁上，有一條斷斷續續、發着 綠光 的虛線。

我們三人擠上了小木船，取起木槳，沿着綠色發光漆

的虛線划去。那是一條黑暗曲折的通道，有幾處地方岩洞很低，我們必須俯伏下來，才能通過。

大概一個小時後，我們看到前方有 **光線** 透進來，沒多久，小船便出了岩洞，已經到了海面之上。我們三人都深深地吸了一口氣！

我們 **觀察四周**，選定了一個最接近而又最適合登岸的地方划去。

大概又划了一個小時，我們終於登岸了，納爾遜拿出手機，打算立刻調動部隊前來接載我們，同時派人去岩洞協助那三個年輕人的 **救人行動**。可是他大罵一聲：「可惡！這裏沒有信號！」

我們只好在**崎嶇不平**的路上，慢慢地走着。但忽然之間，方天昂起頭來，露出**極駭然**的神情，眼珠幾乎瞪得要跳出來，面色也變成了**青藍色**。

他望向天空，頭部慢慢向右轉動，好像在盯着什麼東西在空中劃過一樣。我和納爾遜都立刻抬頭望去，只見**天色陰霾**，除了深灰色的雲層外，沒看到其他的東西。

但是方天的頭部繼續向右轉。直到他的視線落在月神會的總部，才停了下來。

我和納爾遜 **不約而同** 地齊聲問他：「你在看什麼？」

方天面上的神色仍是那樣駭然，口中念念有詞：「**他去了——他去了！**」

「他是誰？去了哪裏？」我們都着急地追問。

方天**戰戰兢兢**地説：「他去了月神會的總部，是他，『**獲殼依寽間**』！」

第卅三章

這不是我第一次聽到那五個字了。

「**獲殼依毒間**」究竟代表着什麼，我一直在懷疑着，如今方天舉動怪異，又講出了這五個字來，我立刻追問：「方天，那五個字，究竟是什麼意思**？**」

方天低下頭來，向納爾遜望了一眼。

我無奈地説：「方天，很遺憾，納爾遜已經知道你是來自另一個**星球** ⬤ 的人，但絕不是我告訴他的，而是他自己**推論**出來。」

方天的**面色**變得十分難看，但不到一分鐘，他便嘆了一口氣説：「就算納爾遜先生不知道，我也準備向他説了。」

我知道，那是因為納爾遜和我冒着性命危險救了他。

納爾遜也向方天保證道：**「請你放心，我是幫你的。」**

方天想了一想，便*娓娓道來*：「地球人染上了傷風感冒，便會不舒服；嚴重的流感，甚至可致命，那是感染過濾性病毒所引起的。過濾性病毒雖然極細小，但還是一件實在的物體。然而，在我們的星球上，出現了一種猶如病毒、我們稱之為『獲殼依毒間』的東西，而它們卻是*虛無縹緲*、沒有實質形態的。」

我和納爾遜愈聽愈糊塗。

方天繼續講解：「那類似一種*腦電波*，來無影去無蹤，一旦侵入人的腦部，便會

取代腦細胞原來的活動，那個人看起來還活着，但已不再是那個人了，而是變成侵入他體內的『獲殼依毒間』！」

　　我和納爾遜感到有點毛骨悚然，我嚥下了一口口水，問道：「你的意思是，那只是一種思想？」

　　方天點點頭，「可以那麼說，那只是一種飄忽的思想，卻能使人死亡，木村信便是那樣，他被侵入的一刻，其實已經死了，但受到『獲殼依毒間』的支配，他依然像常人一樣生活着，直到『獲殼依毒間』離開了他，他才停止呼吸。」

　　納爾遜以懷疑的眼神望向我，我卻以堅定的表情回應他，因為木村信的情形，我是親眼見到的。

方天嘆了一口氣：「科學的發展，有時也會帶來災難。我們的星球，本來是沒有『獲殼依毒間』的，直到有一次，我們發射 太空船 去探測很遙遠的星球，回來的時候，『獲殼依毒間』也隨太空船來到我們的星球上了！」

「在短短三年間，『獲殼依毒間』使我們星球上的人口，減少了三分之一，科學家放棄一切，全力研究人們離奇死亡的原因，才發現是那麼一回事。」

納爾遜接着問：「結果有想出防禦的辦法嗎？」

方天説：「我們星球上的七個國家合力研究出，用強力帶有陽電子的電，可以把『獲殼依毒間』消滅。但正如地球上的病毒一樣，『獲殼依毒間』已經廣泛散佈在我們的星球，我們只能盡量預防和治療，卻沒有辦法完全殺絕它們。」

　　我想起方天和我一起到工廠見木村信時，他給我戴的那個透明薄膜，便問：「那透明的薄膜，就是預防的東西❓」

　　方天點點頭，「對，它能不斷地放射出陽電子，使『獲殼依毒間』不能侵入，就像地球人戴**防毒**☠**面罩**一樣。」

　　「等等！」納爾遜忽然問：「你是說，『獲殼依毒間』也來了地球？」

方天一臉**內疚**，「實在對不起，那可能是我們的太空船帶來的。」

我想起方天剛才的話，緊張地問：「剛才你説『獲殼依毒間』已經廣泛散佈在你們的星球，那麼你的意思是它能**繁衍**？」

方天嘆氣道：「像細菌一樣，『獲殼依毒間』是會分裂的，而且分裂得很快，但必須在它侵入人腦之後，當它離開人體的時候，原來的一個，便會**分裂**為兩個。」

我失聲大叫：**「這樣下去，地球人豈不是要死光了？」**

「或者事情沒有那麼嚴重。以我觀察，因為地球人的**腦電波**弱，未能觸發『獲殼依毒間』分裂，所以地球上來來去去只有一個『獲殼依毒間』。」

「但願如此。」我內心的**驚恐**還未能完全平復。

納爾遜仍有疑問：「方先生，你說『獲殼依毒間』只是一種思想，那麼你怎能看到它？」

方天解釋道：「我看不到，我只是感覺到而已。剛剛它朝月神會總部去了，我感覺得到，它就是離開了**木村信**的那個，如今，當然又是去找新的 寄生體 了。」

我們都沉默了下來，腦裏不禁想像着，「獲殼依毒間」找到新的寄生體後，又會帶來什麼麻煩。

納爾遜皺着眉說：「如果它侵入的只是月神會的普通信眾，那還好。但萬一它侵入了三大長老之一，那就麻煩了。」

方天也一臉 擔憂 地說：「季子——季子也有可能被它侵入！」

但這時候，我的反應比他們兩人激動百倍，忽然叫道：「**不**！最危險的，不是侵入季子或三大長老*！*」

「那是什麼？」納爾遜和方天不約而同地望向我。

「你們記得剛才岩洞裏，有一大堆的箱子嗎？」我問。

「記得。」方天回憶着説:「除了放食物和工具,還有一堆不知名的箱子。」

納爾遜也記起來了,分析道:「依我的經驗,那些箱子似是放**烈性炸藥**的。那三個年輕人挖地道,自然需要借助一些炸藥,不斷把石壁炸開。」

説到這裏,納爾遜和方天都明白我的意思了,不禁齊聲**驚叫**起來:「衛斯理,你的意思是——」

我嚴肅地説:「萬一『獲殼依毒間』侵入了那三個年輕人的其中一個,把那些炸藥一次過**引爆**的話,會發生什麼事情?」

他們兩人都**目瞪口呆**,納爾遜運用他專業的知識,推算着炸藥的威力。

納爾遜聲音顫抖着説:「如果那些箱子真是炸藥,按那個數量,一起引爆的話——足以炸毀整座古堡**!**」

　　我們**面面**相**覷**，立刻拔足往原路奔回去。可是已經太遲了，這時地面突然猛烈**震動**起來，路面上出現了一道道的**裂痕**，我們三人都跌倒在地上。

　　與此同時，遠處傳來爆炸巨響，我們抬頭一看，只見那月神會總部所在的懸崖，搖動了起來，而那古堡般的建築，竟在一瞬間**崩塌**下來**！**

第卅四章

末日逼近

那只是一眨眼的時間，莫說月神會的總部，就連那一幅峭壁，都消失於眼前了。

我們呆呆地坐在地上，方天抬頭望向天空，以他星球的語言大聲咒罵着，但我們一點也聽不懂。

他沒有罵多久，便**頹然**流淚，哭着說：「『獲殼依毒間』果然侵入了他們其中一人的腦袋，支配了**寄生體**的思想行為，一時覺得好玩，就將那些炸藥全部引爆了！可憐的季子……我本來想帶她一起回去的。」

我嘆了一口氣，**安慰**着他：「方天，你別太難過。」

我和納爾遜扶他站起來，納爾遜問：「像剛才那樣猛烈的爆炸，難道也不能將『獲殼依毒間』毀滅嗎？」

方天苦笑道：「剛才的爆炸，或可摧毀一切有形有質的物質，但是本來是無形無質的東西，又怎能去摧毀？『獲殼依毒間』，在我們的語言中，是『**無形飛魔**』的意思。它如今又走了，我感覺得到。」

我也不禁苦笑：「就算地球人的腦電波十分弱，使『獲殼依毒間』無法分裂，但地球上只有一個這樣的無形飛魔，也夠麻煩了。」

納爾遜更是愈想愈恐慌：「如果*無形飛*👹*魔*侵入了核子大國的總統腦中，一時高興按下了**核按鈕** ——」

我接上去說：**「核戰爆發，地球也完了！」**

方天慨嘆道：「我絕不是*危言聳聽*，這樣的事絕對有可能發生。我甚至懷疑，挑起第二次世界大戰的卐

希特勒，可能也是無形飛魔的寄生體，要不然，一個油漆匠怎能造成這樣大的世界劫難？」

我們愈聽愈心寒，感覺地球的末日已在逼近。

納爾遜誠懇地說：「方先生，如果這是真的話，請你必須為地球人解決了這個**禍患**才回去！」

方天立即👁**雙眼發亮**✦：「這麼說，你是願意替我隱瞞身分，幫助我回到我的星球去嗎？」

　　未等納爾遜回答，我已微笑道：「早就說過了，我們是來幫你的。」

　　「我們邊走邊說吧。」納爾遜領頭往市鎮的方向走，走了沒多久，他發現手機終於接收到**網絡信號**了，於是立刻吩咐部下派車子來接應我們。

　　我們便坐下來休息，等待車子。這時候，納爾遜繼續問方天：「方先生，我們要怎樣做，才能消滅無形飛魔這個*大禍胎*？」

　　方天苦笑道：「說起來十分簡單，但是要實行起來，卻又困難非常。」

納爾遜和我都靜心等待他說下去。

他解釋道：「首先，要準備一間隨時可以**放射強烈陽電子**的房間。然後，只要將無形飛魔引進這房間去就行了。」

我馬上疑問：「無形飛魔是一組**飄忽不定**的思想，我們怎麼去引它來？」

方天嘆了一口氣，「沒錯，困難就在這一點。雖然我可以感覺到它的移動，但我沒法子操縱它的**去向** 。而且，只有在它離我很近的時候，我才可以感覺得到，當它遠離了我，譬如說現在它在何處，我就不知道了」。

「那麼我們可以先準備陽電子房間，之後再想辦法把無形飛魔趕進去。」納爾遜着急地說。

「製作能放射強烈**陽電子**的裝置，對我來說非常簡單。」方天頓了一頓，再說：「我在想，或者有一個更簡單的方法，去解決無形飛魔。」

「什麼方法？」我們驚喜地問。

方天說：「我想，無形飛魔也不喜歡逗留在地球上，因為在地球上，它不能分裂繁衍——」

我立即明白他的意思，「你是說，它也想跟你走？」

方天默默地點頭：「如果它知道我要坐 **火箭** 回去的話，它一定會想盡辦法跟着我一起去。到時，我便可以把它帶離地球。而在我的星球上，**陽電子** 裝置已發展到如你們地球人的抗生素一樣普遍，很輕鬆就能把它滅掉！」

納爾遜連忙問：「那麼你要怎樣才能回去？」

「**導向儀**！」方天說：「就是那個金屬箱子裏的『天外來物』，我必須借助它，才可以回到我的星球去。」

納爾遜點點頭，「我明白了。我們一回到東京，馬上將那個金屬箱子切開，取出導向儀，讓你可以回去！」

方天帶點歉意地說：「但這樣的話，A國的太空探索計劃就注定要失敗了。因為在火箭升空之後，我便會用特殊裝置，使火箭與基地 **斷絕聯繫**，然後借助導向儀來導航，向我所屬的星球進發，回到家鄉去。」

納爾遜笑道：「放心，我們願意為你保守秘密。況且，這些年來，你也幫了A國的大忙，使他們的太空科技突飛猛進，算是**功過*相抵***了。」

沒多久，車子終於趕來了，我們都十分疲倦，在車上睡覺休息。

到了東京，我們立刻前往納爾遜放置那金屬箱子的地方，那是一個**秘密地窖**，只見二十名警察正**嚴密看守** 👁 着那個金屬箱子，我們看到都笑了。

納爾遜隨即安排一輛***鋼製裝甲車***，我們連飯也不吃，馬上跟隨裝甲車運送金屬箱子到那工廠去。

工廠的人早已接到東京警局的通知，一早準備就緒。

我和納爾遜兩人帶備***武器***，親自押送箱子進入了高溫切割車間。

總工程師木村信已經死了，剖開箱子的工作，便由副總工程師**山根勤二**來主持。

過程出奇地 *順利*，不到半小時，那金屬箱子便已經被剖開了，待冷風機為箱子 **散熱** 後，山根勤二告訴我們可以去檢查箱子了。

山根帶着員工退出了車間，只剩下納爾遜、方天和我三個人。

我們來到 **車牀** 前，那金屬箱子已經被齊中剖成了兩半，我和納爾遜 *輕而易舉* 便將它分了開來。

金屬箱子之內，是厚厚的特製塑膠，用來固定位置和吸收震動。

把塑膠拆除後，看到了一個以 **尼龍纖維** 包裹着的東西，我和納爾遜都鬆了一口氣，**歡呼** 道：「成功了！終於拿到它了！」

但這時方天的面色卻突然 **發藍**，我意識到事情可能又起了變化，戰戰兢兢地問：「方天，你別告訴我，又有什麼不對……」

「大小……大小不對！」方天的聲音在發顫，指着那被尼龍纖維包裹着的東西說：

「在我的記憶中，那 導 向 儀 比這個大一些。」

「是你記錯吧？畢竟已是三百年前的事了！」我嘗試找出合理的解釋。

納爾遜取出了身邊的**小刀**說：「不用爭論，立刻拆開來看看便知道了！」

他將尼龍纖維迅速地割斷，被包裹在**尼龍纖維**中的東西露了出來。

車間裏頓時一片寂靜，大家都目瞪口呆地看着那東西。因為，那東西居然是──一塊**大石頭**！

第卅五章

功虧一簣

一點不錯，在尼龍纖維被拆除之後，顯露出來的，絕不是什麼「天外來物」，不是地球人還未能製造的導向儀，而只是大石頭，一塊隨處可見的 花崗石！

我看到方天的 面色發藍，像是被判了 死刑 一樣，哭了起來。

納爾遜的面色也不見得比方天好，他説：「方先生，這塊石頭，對你來説，是致命的打擊，但是你應該相信，對我來説，這打擊更大！」

我自然明白納爾遜的意思，因為他經過了如此 曲折驚

險的過程，甚至犧牲了不少人之後，卻只不過得到了一塊石頭，那實在是無法容忍的**慘敗**！

　　不但納爾遜有這樣的感覺，我也有着同樣的感覺，因此我立即說：「方天，對我來說，打擊也是同樣地重！」

　　方天停住了哭聲，**「我們怎麼辦？」**

納爾遜立刻請山根工程師回來，問道：「山根先生，請問當日這個金屬箱子焊接起來的時候，你在場嗎**?**」

山根勤二點頭道：「**在**，我和木村工程師兩人都在場。」

納爾遜又問：「你可看到裝在箱子裏的，是什麼東西？」

「看到的——不，我不能説看到，因為我看到的，只是一個以**尼龍纖維**包裹着的物體。」山根勤二的態度十分誠懇，不似説謊。

「那麼，是誰以尼龍纖維包裹那物體的？」我追問。

「自然是木村總工程師。」山根勤二説。

我和納爾遜互望了一眼，方天突然叫道：「我明白了！」

接着，方天的身子便搖搖欲墜，並喃喃自語：「**我完了，我完了，我只能一輩子留下來了！**」

　　山根以十分奇怪的目光望着方天，顯然將方天當作是**精神錯亂**的人。

　　我忽然想起另一件重要的事情，連忙說：「山根先生，請你將這金屬箱子再焊接起來！」

　　山根勤二答應着，便指揮員工去辦。我們三人走出了車間，我對納爾遜說：「請你安排兩個部下，裝扮成普通人，把焊接好的箱子送到B國大使館，說是衛斯理送去的。」

　　納爾遜點點頭，便立刻**打電話**調派人手去辦。

　　只要這箱子一送到B國大使館，我和B國大使館之間的**糾纏**便告一段落，至少解決掉一個麻煩。

　　這時候，我想到一個主意，就是去木村總工程師的**辦公室**看看，於是我帶着方天和納爾遜前往那辦公室。

　　我們偷偷進入了那辦公室，房間裏的擺設依舊，木村信的東西還未被清理。

「大家到處找找，看能不能找到線索。」我說。

納爾遜詭異地問：「你認為是木村信把導向儀藏起來了？」

我還未開口回答，方天已叫了出來：「不！不是木村信，是『獲殼依毒間』！」

方天頹然地坐了下來，「我早就應該想到這一點了……」

我疑惑道：「你的意思是，在井上次雄將那導向儀交給木村信的時候，無形飛魔 早已侵入了木村信的腦子？」

「你不是這麼認為嗎？」他反問。

我回想着我和木村信初次見面時的情形，每當提起那「天外來物」的時候，他的神色總是不太自然，如今我知

道原因了，因為木村信自己很清楚，那金

屬箱子中的「天外來物」，已被他換成

了一塊 石頭 ！

　　不過，我和方天的想法有所不同，

他認為木村信早就被 無形飛魔

侵入，是無形飛魔操控木村信的軀體去藏起

那 導 向 儀 。

　　而我卻認為，在我第一次和木村信見面的時

候，木村信還是木村信自己，那時無形飛魔還未侵入

他的身體。因為當時木村信對那「天外來物」顯

露出來的 好奇心 ，不似是假裝出來的，他是

真心想解開那「天外來物」之謎，所以才會偷偷

調包 ，把東西藏了起來慢慢研究。

他以為那金屬箱子一運到井上家族的 **祖墳**，便會永埋地底。但做夢也想不到，那箱子在機場被B國大使館的 **特務** 盜走，後來落入我的手中，但立即又被 **七君子黨** 搶去，接着又轉到了月神會手中，而最後再被我們奪了回來，剖開之後，終於發現箱中只是一塊石頭！

我將我的見解，向方天和納爾遜說了一遍。

納爾遜直接下令，派人搜查木村信可能隱藏那「天外來物」的一切地方，同時又仔細檢查他一切的**私人文件**。

這項工作足足進行了**三天**，我們找不到那導向儀，但從木村信的日記，我們可以確定，他的確把箱子收藏了起來，至於藏在哪裏，以及他對導向儀作了一些什麼研究，卻一點線索也沒有留下。

納爾遜**沮喪**地說：「看來只有木村信自己才知道導向儀在哪裏了。」

但方天聽了這句話後，忽然緊張地叫道：「**火箭基地！**我要回去火箭基地！**立刻！**」

我和納爾遜都驚訝地望着方天，「到底什麼事？」

方天**急匆匆**地解釋：「無形飛魔曾侵入木村信的腦部，木村信的全部記憶和思想，無形飛魔自然都知道**！**」

我和納爾遜先生互望了一眼，開始明白他的意思了。

方天繼續說：「所以，無形飛魔一定知道導向儀在哪裏，而它得到導向儀之後，會做什麼？自然是坐火箭離開，往更適合 **繁** **衍** 的地方去！」

納爾遜卻鎮定了下來，「它離開 *地球* ，也不失為一件好事。」

但我馬上想到一個疑問：「它懂得操作那火箭嗎 **?** 」

「能獨力完全操控那 **火箭** 的人，幾乎只有我一個。」方天說：「除非它侵入我的腦袋，否則──」

「否則怎樣？」我緊張地問。

「否則，為了獲取足夠的知識去操作那火箭，它可能會不斷侵入火箭基地裏的 **技術人員** 和 **科學家** ！」

聽了這句話，納爾遜又立刻 **驚恐** 起來了，緊張地說：「那就麻煩了！那些科學家和技術人員，許多也同時是軍方的專家，能接觸到不少 **毀滅性** 的武器。而且，火箭基地經常有政要來訪問參觀，甚至 **總統** 也是常客，萬一無形飛魔侵入了他們的腦袋，後果 **不堪設想** ！」

於是，我們在納爾遜的緊急安排下，即時前往A國的火箭基地。

　　由於方天是基地上的重要人物，一下飛機，就有人迎接。當車子駛近基地時，我們已可以看到高聳的火箭，而方天忽然震動了一下，叫道：「**就在附近！就在附近！**」

　　我和納爾遜當然明白他的意思，都**不由自主**地緊張起來。

　　一進入基地，有人向方天報告，說有兩個日本政要前來**參觀** 。方天皺着眉，在我們的耳邊說：「*無形飛魔*一定已侵入了其中一個。」

方天立刻駕駛車子前往那枚能帶他回家鄉的火箭，因為如果無形飛魔真的侵入了那兩個日本政要當中一個的話，很可能會以某種 藉口 接近那枚火箭。

我們漸漸駛近那輛接待貴賓參觀的 **車子**，已可以看到車中那兩位日本政要，和一名陪伴參觀的火箭基地官員。

我們都不禁緊張起來，我連忙問方天：「哪一個是？」

但方天面上卻現出了 **沮喪** 的神色，搖頭道：「兩個都不是！」

方天頹然把車子停了下來，我們都很失望，我不禁質疑道：「方天，無形飛魔的寄生體，你是一定可以感覺出來嗎？」

「當然可以！」方天本來回答得很堅定，但臉容突然一變，面色青藍說：「**除非──**」

第卅六章

近在眼前

「除非什麼？」我問方天。

只見他忽然又**若無其事**地說：「沒有什麼，我一定可以覺察得到的，這兩個日本政要，不是無形飛魔的寄生體。」

納爾遜嘆了一口氣：「看來我們要和無形飛魔玩捉迷藏了。」

方天笑道：「我們先放鬆一下吧，附近有一家很不錯的**咖啡店**，去喝一杯咖啡可好**？**」

納爾遜馬上說：「你們兩個去吧，我有點不舒服，想休息一下。」

於是，方天便開車先送納爾遜回酒店休息，然後再開車前往他所推介的咖啡店。

當車子慢慢遠離那酒店時，方天的**呼吸**突然變得**急促**，雙手在駕駛盤上發着抖，我嚇了一大跳，緊張地問：「方天，你也不舒服嗎**？**」

方天一聲不出，只是駕車疾駛，不一會，我們竟又回到了火箭基地，我**驚訝**地問：「我們不是去喝咖啡嗎？」

「**喝咖啡？** 衛斯理，你說我有那麼好心情麼？」方天下了車，拉着我走進他的辦公室。

為免引起其他人的好奇，我等他關了辦公室的門，才質問他：**「你到底搞什麼鬼？」**

　　方天在辦公室裏來回踱步，**焦躁**地說：「衛斯理，剛才你問我是不是一定能覺察到無形飛魔的寄生體，我最後回答『是』；但事實上，有一個情況下，我是可能覺察不到的！」

　　他才講了幾句話，卻已經變換了七八個姿勢，不時搓着手，更**頻頻**地望向窗外。

　　我不明白他為何這樣焦躁，只好順着問：「是什麼樣的情形下，你便不能覺察呢？」

　　他說：「當無形飛魔的寄生體離我*極近*，而對方又是我絕對不會懷疑的一個人時，我就不能覺察出來。」

　　我不禁笑問：「方天，你不會以為我已被無形飛魔侵入了吧**？**」

　　方天的聲音在發抖：「**不是你，是納爾遜！我剛才感覺到了！**」

我一聽方天這樣說，不禁**暴跳如雷**，一拳打在桌子上，怒罵道：「胡說！我們為了救你，為了掩飾你的身分，不惜以身犯險，付出了多少代價？納爾遜犧牲了多少同袍？你現在居然懷疑他？我實在不能接受！」

「衛斯理，你必須信我，必須信我！」方天的面孔青得像染上一層**藍墨水**一樣。

「現在是你不相信我們！既然沒有**信任**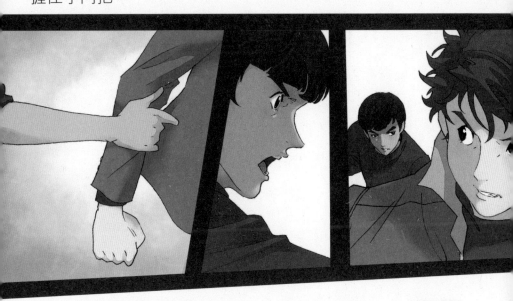，我們也不必留在這裏了，再見！」我一面說，一面向房門走去，握住了門把。

方天猛地衝過來，拉住了我的手臂說：「**衛斯理，等一等！**請你先聽我講三句話，就三句！」

我**冷笑**一聲，「好，你說。」

方天便開始說：「納爾遜以為我們**喝咖啡**去了，是不是？」

「是。一句了。」我説。

「我們來到這裏，他是不知道的。」

「廢話，他怎會知道你忽然改變主意，到這裏來對我**胡說八道！**兩句了。」

方天幾乎喘着氣説：「所以，我估計他會趁現在去接近那火箭！」

「你説完了，我要走──」我這句話還未説完，突然看到窗外遠處好像有一個熟悉的身影走過。

我連忙走到窗前，往外看，果然看到了**納爾遜**！

納爾遜的精神看來十分好，絕不像需要休息的樣子。

他和我見過的一個高級安全人員在一起，向那枚火箭走去，而他的手中，提着一個**漲得發圓、大得異樣**的**公事包**。

我呆了一呆，方天已經顫聲道：「你看到沒有，他去了……他去了！」

我搖着頭，嘗試找解釋：「納爾遜是國際警察部隊的 **高級官員**，他在那保安官的陪同下去檢查一下那枚火箭，也是十分正常的事。」

「那麼他手中提着的又是什麼**？**」

方天這一問，我實在答不上來。我自從認識納爾遜以來，從未見他提過什麼**公事包** ，而且這個公事包漲得幾乎成了球形，十分**怪異**。

方天**咬牙切齒**地說：「我敢以性命打賭，公事包裏一定是那具**導向儀**！」

我一個轉身，便向門外走去。

方天急叫道：「你去哪裏**？**」

我狠狠地回答：「我去看看那公事包裏是不是放着你

所説的那具導向儀！」

「*不行！*」

「為什麼？」

方天説：「你一去，無形飛魔知道事情敗露，便又走了。你要想想，這裏是超級大國的太空探索和飛彈基地，如果無形飛魔侵入了一個 *重要人物* 的腦袋之中……」

方天講到這裏，我也不禁面上變色，手心出汗，問道：「那麼，照你的意思，該怎麼辦？」

方天説：「如今，無形飛魔還不知道我們已經發現了它的寄生體，我相信它現在想將那具導向儀，安裝進火箭的太空艙中。我們就先任由他進入 **太空艙** 吧。」

我不明白方天為何要這樣做，但這方面他才是專家，我只好聽他的。

　　只見他的辦公桌上有一台監視器，他按動了幾個按鈕， 熒光屏 上便出現了那枚火箭的近鏡，納爾遜和那高級保安官正攀上鋼架，看情形，納爾遜確實想進入那火箭的內部。

　　方天操作着按鈕，熒幕上的畫面也隨之變換着，最後出現了一個很小的空間，那地方有一個座位，恰好可以坐下一個人，而周圍全是各種各樣的  。

不久，我們便看到納爾遜一個人走了進去，把艙門關上後，他打開那個**又大又圓**的**皮包**，雙手捧着一件東西出來。

那東西我曾在照片上見過，正是井上家族的祖傳珍物「天外來物」，也就是方天所屬星球的**智慧結晶**，超高科技的**太空導向儀**！

「你看到了沒有？你看到了沒有？」方天說。

我的呼吸**急促**起來，雙眼定在熒幕畫面上，幾乎一眨也不眨，我看到納爾遜以極熟練的手法，在那具導向儀的底部，旋開了一塊板，從內部抽出十七八股線頭來。

那些線頭，在我看來根本不知道是什麼，但納爾遜卻一根一根地與太空艙內的儀器接駁起來。

　　方天吸了一口氣，説：「整個地球，懂得接駁那些線頭的，除了我之外，便是『獲殼依毒間』**！**」

　　「那我們該怎麼辦？」我問。

　　「為了**以防萬一**，我在那太空艙裏安裝了強烈的陽電子發射裝置。」方天指向他辦公桌上的一個 **綠色按鈕** ，「只要按下那個綠色按鈕，裝置便會通電，然後發射大量的陽電子，徹底破壞『獲殼依毒間』的電波形態，將它消滅！」

　　方天正想伸手去按下那個按鈕的時候，我憤然擋住了他的手說：「**不行！**這樣納爾遜也會死去的！」

　　但方天沉聲道：「**衛斯理，接受現實吧，他早已死了！**」

第卅七章

方天説納爾遜早已死了，實在令我**難以接受**，我雙手拍桌，激動地叫：「**胡説！**他是什麼時候死的？」

方天冷靜地説：「可能是我們在東京正忙於檢查木村信**遺物**的時候；也有可能是我們剛抵達火箭基地之際。雖然我不清楚無形飛魔是什麼時候侵入了納爾遜的身體，但有一點是肯定的，就是納爾遜被侵入的一刻，**已經死了！**」

我拚命地搖着頭，感到一陣昏眩，連坐都幾乎坐不穩。我最好的朋友、我冒險旅程的**最佳拍檔**👍，竟然已不再是他自己，變成了外星病毒的寄生體！

我雙手緊緊地遮蓋着那個綠色按鈕，身體在不斷地發抖。

方天着急地叫道：「**按！快按那按鈕，如今是最好的時機！快！**」

我雙手發着抖，那綠色的按鈕就在我的手掌下面，但是我沒有力量去按它，因為只要一按下去，太空艙裏便會產生大量的*陽電子*，而納爾遜也會死！

雖然根據方天的說法，納爾遜早就死了，被消滅的只不過是「獲殼依毒間」，但我實在做不到，熒幕所見的納爾遜，看起來還是**活生生**的！

「衛斯理，不能再猶豫了！不消滅這『獲殼依毒間』，後果**不堪設想**！」

「會有什麼後果？反正它也準備離開了！」我反駁道。

方天立即說：「我們不知道它會借助導向儀飛到哪裏去，如果它是回到我的星球，或許問題不大，我們**星球**的人，已經懂得輕易預防和消滅它。但是，萬一它去了別的星球，危害其他星球的生物，不斷繁衍傳播，整個宇宙的生態都會被**破壞**的！」

這時候的我已經失去理性，自私地說：「其他星球**與**

我無關！」

方天禁不住對我**當頭棒喝**：「笨蛋！你認為無形飛魔離開了，就不會回來嗎？當它們繁衍到沒有足夠的寄生體時，便會**捲土重來**，大舉侵入地球**！**」

方天説完忽然衝過來將我撞開，然後一手按下那個綠色按鈕！

我僵住了，聽到監示器響起**令人戰慄**的怪叫聲。

我和方天向熒幕畫面望去，只見納爾遜停止了工作，**面容扭曲**，正在慘叫着説出一堆話。雖然我聽不懂他在説什麼，但我能認出那些話與木村信被方天發現是「獲殼依毒間」的寄生體時，所説的語言相同**！**

我不得不承認，納爾遜真的被無形飛魔侵入了。

熒幕上的納爾遜，這時有如被禁錮在籠子中的野獸一樣，在那狹小的太空艙裏拚命掙扎，沒多久便**癱軟**下來，一動也不動了。

我們望出窗外，看到大批醫療人員和技術人員正趕去那枚巨大的火箭。

我和方天也馬上趕去，當來到那個太空艙時，艙門外已擠滿了 **✚醫療** 和 **⚙技術⚙人員** ，他們把門打開，我看到了納爾遜 **！**

和我在熒幕上看到的情形一樣，納爾遜躺在那張椅子上，而那具導向儀已經完整地安裝進太空艙裏了！

醫療人員連忙用 **擔架牀** 把納爾遜抬出來，在我的身邊走過。我伸手抓住了納爾遜的手腕，他的 **脈息** 已經停止了，手腕也是冰涼的。

他死了 。我呆在當場， **眼淚** 像泉水一樣湧了出來。

方天在我耳邊低聲安慰道：「他是死於地球人絕對無法抵抗的『獲殼依毒間』，然而，我們已代他 **報仇** 了，同時地球也解除了威脅。」

方天留在基地處理善後工作，而我則到了醫院。醫生很快就證實納爾遜已死亡，但他**疑惑**地問：「這真是剛剛發生的事嗎**？**」

所有人都點着頭。

醫生皺着眉：「**真奇怪**，他看起來好像已死了一段時間，當然，我這樣從表面判斷是不能作準的。」

我連忙問：「醫生，是不是通過解剖就可以準確驗出死者的死因和死亡時間？」

醫生想了一想，回答道：「雖然不能百分百保證，但以我們國家的**法醫**技術水平，我實在想不到有什麼情況是驗不出來的。」

我深吸了一口氣，説：「醫生，我是納爾遜**最好的朋友**，我要求將他的屍體解剖。」

納爾遜到底是一早被「獲殼依毒間」侵入而死，還是受了那些陽電子影響而死？不查清楚的話，我實在**無法釋**

懷。

醫生還未出聲回應，我後面已傳來一把**十分沉重**的聲音說：「這不幸的事故，我們已通知他的家屬了，等他的家屬來到之後，才可以決定是否將他的屍體解剖——」

我連忙轉過頭來，只見講話的是一個六十歲左右的男子，從他那**威嚴**的神態看來，相信是一個**地位**十分高的人。

他對我說：「衛斯理先生，你為什麼要求解剖他的屍體呢？」

我**猶豫**了一下，「**閣下是——**」

那高級安全官踏前一步，向我介紹：「這位是**齊飛爾將軍**。」

我呆了一呆，原來他就是這個國家軍事部門的高層，同時也是這個火箭基地的行政首長，我一時間還認不出來。

我苦笑道：「齊飛爾將軍，你好。納爾遜先生是我最

好的朋友，他的死亡，給我帶來了無比的悲痛，我不希望他死得**不明不白**。」

齊飛爾將軍的面色**十分嚴肅**，「我們會認真調查的，所以，衛斯理先生，你暫時也不能離境。」

齊飛爾將軍走了之後，我聽到人們在**議論紛紛**：「納爾遜死了還不到半小時，總統已命令齊飛爾將軍徹底調查這件事了。」

「這事件很嚴重呢！」

「你覺得是意外還是自殺？」

「謀殺也有可能啊！」

我心亂如麻，有種窒息的感覺，便走到醫院外透透氣。

我在醫院門外不住地來回踱步，不知道踱了多久，從白天踱到天黑，我卻沒有半點食慾，心裏一直在想着納爾遜的事。

我開始感到有點頭昏腦脹的時候，背後忽然響起一把聲音説：「請問是衛斯理先生嗎？」

我轉過頭去，登時嚇了一大跳，不禁懷疑自己是否太累或太餓而產生幻覺，因為站在我面前的，竟然是納爾遜！

第卅八章

殺人犯

納爾遜明明已經死了，怎麼又會在我面前出現？我眨了眨眼睛，認真一看，便立即發覺，站在我面前的，並不是納爾遜，而是一個酷肖納爾遜的年輕人。

他和我差不多年紀，一頭金黃色的頭髮、深碧的眼睛，臉上帶着納爾遜那種智慧和勇敢的神采。

毫無疑問，他就是納爾遜的兒子。我回應道：「不錯，我是衛斯理，你是為了你父親的事而來嗎？」

那年輕人説：「是的，我剛趕到。」

我説：「納爾遜先生——」

他揮了揮手，「你叫我小納好了。衛先生，聽説你要求解剖我父親的遺體？」

「是的，因為他是我最好的朋友，他的死給我很沉重的打擊，我希望弄清楚他真正的死因。」

小納傲然道：「你失去了好朋友，我失去了好父親，我也要弄清他的死因。」

我和小納走進醫院，辦好了手續後，納爾遜的屍體便馬上送往解剖室。

也許個案太複雜，我和小納等了一個晚上，解剖工作才完成。

我們馬上追問結果，只見主持解剖的首席法醫 **面有難色**，神情怪異，苦笑着說：「我們還未決定在報告書上該怎麼寫，因為我們根本找不出他的死因。」

小納呆了一呆，**「那怎麼會？」**

其實我不是第一次遇見這樣的情況了，木村信的死，也是找不到死因。只是沒想到，現在連A國的法醫，也同樣找不出納爾遜的死因。

法醫又說：「而且，我們發現他有些 組織，已經停止活動許久了，而那些組織如果停止活動的話，人是不能活過半小時的，但是他卻活着，到今天才死，這實在是科學上的 **奇蹟！**」

我聽了法醫的話後，緊張的 **神經** 稍為 鬆弛 了下來。因為我知道方天的 **判斷** 沒有錯，納爾遜的確被「獲殼依

毒間」侵入了身體，而且在侵入的一瞬間，納爾遜就已經死去了。

但我沒有向法醫說明，因為說出來也沒有人相信，而且我答應過方天，在他 *離開地球* 🌍 之前，不會暴露他的身分。

法醫向我們簡單交代過後，小納嘆一口氣說：「我明白了，謝謝你們的努力。」

我和小納坐下來，他突然問：「衛斯理先生，我父親的死因，你一定知道些什麼，是不是？解剖他的屍體，是為了 **釐清** 🔍 **真** 🔍 **相**，而如今，你已經弄清真相了，對不對？」

不愧是納爾遜的兒子，分析能力很強，我只好 **點點頭** 說：「對。」

小納馬上說：「你是我父親最好的朋友，你將他的死因告訴我吧。」

　　我嘆了一口氣，正不知如何回應之際，突然一陣急速的**腳步聲** 傳來。

　　我抬頭看去，只見五六個人 **匆匆** 地走過來，當前的一個，穿着整齊 **西裝**，幾乎是衝到了我的面前，和我握手，自我介紹道：「我叫**史蒂**，是方天博士的 **代表律師**。」

我不禁**吃了一驚**，方天為什麼要律師作代表，他出了什麼事？

史蒂律師不等我問，已解釋道：「方天博士已被拘留，**他被控謀殺納爾遜先生！**」

我連忙叫起來：「不！這是錯誤的！」

史蒂的神情變得十分**嚴肅**，「證據對方天很不利，他們發現方天的辦公室中，有直接控制和觀察那個秘密太空艙的設備，其中一個 **按鈕** ，能遙控太空艙裏的陽電子裝置，使其產生大量的陽電子，而那按鈕有着方天清晰的指紋，經指紋專家驗證，那指紋留下的時間，恰好與納爾遜在太空艙遭受意外的時間相同**！**」

我既驚訝又疑惑地問：「那麼你來找我是——」

「**我的當事人方天對我說，能救他的，只有你一個！**」史蒂凝視着我。

「他真的這麼説？」我驚問。

史蒂 **堅定** 地點着頭，「對，他情緒十分激動，不停重複説：『只有衛斯理能救我！』除此以外，他認為其他一切的做法都對他沒有幫助。」

我知道方天是 **無罪** 的，令納爾遜死亡的是「獲殼依毒間」。但是，我怎樣在法庭上證明這一點❓而且，方天

是不是願意暴露他的真正身分？

「我能和方天見面嗎？」

史蒂搖頭，「不能，方天被 **嚴密監視**👁，除了我以外，不能見任何人。臨時軍事法庭已經組成了，齊飛爾將軍是主審官，明日上午開庭。衛先生，如果你有證據的話，要快些拿出來了，不然的話，他很可能會被判**死刑**的。」

我想了一想，方天既然叫史蒂來找我救他，相信他已不介意我暴露他的身分。事情到了這樣的地步，與其被送上 **電椅**⚡，不如暴露他自己的 **外星人** 👽身分，或許還有一**線生機**。

於是我對史蒂說：「我沒有什麼證據能呈上法庭，但我願意出庭把我所知道的一切說出來，希望對法庭了解真相有幫助。」

「好，好的。請來我的辦公室。」史蒂說。

但我**拒絕**：「對不起，一切內容我只會在明天法庭上說。」

史蒂**無可奈何**，只好答應道：「好吧，那我明天去接你。」

第二天，我剛起牀，史蒂已經來接我了，我迅速地穿好衣服，便跟他來到基地的辦公大樓。

到了**臨時軍事法庭**，氣氛嚴肅到了極點，**守衛森嚴**。幾排椅子上，坐着不少人，有一大半是穿着制服的，他們的軍階，全是少將以上的將官，還有一部分便裝人員，一看便知他們是高級官員。

齊飛爾將軍還未到，正中的位置空着。主控官席位上，是那個高級安全官，而被告席還空着，方天還沒有來。

史蒂請我坐在他的身邊，不一會，我身邊又多了一個人，那是小納爾遜。

他一坐下來，便對我極低聲説：「衛斯理先生，如果你相信方天 **不是兇手**，我也相信。」

我聽到了這樣的話，十分感動，因為現時的證據都指向方天，別人看來幾乎是 證據 **確鑿**，但小納身為受害者的兒子，卻對我寄以信任，實在 **難能可貴**。

這時候，齊飛爾將軍來了，人們都站了起來。方天也在憲兵的押解下，來到被告席。他看到了我，我向他作了一個**手勢**，示意他鎮定一些，不用太緊張。

但他的神情非常沮喪。我望着他，腦中忽然有種「**直覺**」，我知道那是他特強的 腦電波 在向我傳達信息。

他的信息是：「衛斯理，我完了，就算能逃過一死，我還有機會回去我的星球嗎？」

的確，他的身分一暴露，定必被視作研究對象，我們**地球人**絕不輕易把他放走。

可是如果不暴露身分，便洗脱不了**謀殺罪**，此案牽涉到國際警察的高層，而且案發地點是極危險和敏感的火箭基地，他很可能會被判死刑的。

我的「*直覺*」感覺到，方天非常絕望，處於**兩難**的**局面**，而無論哪一個結局，對他來說都是**悲劇**。

在主控官準備宣讀主控文之前，我輕輕一碰身旁的小納，和他兩人悄悄地退了出去。

在走廊上，小納以十分懷疑的眼神望着我，我低聲說：「你可要聽我講述令尊的**真正死因？**」

小納很**詫異**：「你不是要在庭上說嗎？方天在等着你為他作證！」

我搖了搖頭：「我不能公開暴露他的身分。我要想辦法把他救出來，只要有十分鐘的時間，便足夠送他上那枚火箭，讓他可以回到故鄉了。」

小納瞪着眼看我，顯然不明白我在說些什麼。

我沉聲道：「方天是**外星人**！」

小納**震驚**得幾乎站不穩，我扶着他說：「但他不是兇手。他非但不是兇手，而且還替令尊報了仇，為我們地球人除去了一個極大的**禍胎**！」

我盡可能簡單扼要地將「獲殼依毒間」所引起的一切，向小納講了一遍。

他聽了之後，呆呆的半點聲音也發不出來。

但畢竟**虎父無犬子**，小納頭腦靈活，接受怪異事情的能力很強，而且對我也十分信任，很快就完全理解整件事了。

他向窗外看去，看到基地上聳立着的那枚火箭，長長地嘆了**一口氣**：「你有什麼辦法，可以使方天順利到達那枚火箭，然後讓火箭發射？」

「發射方面，應該問題不大，方天曾對我說過，一切都**準備就緒**了，只欠那具導向儀而已，如今導向儀已經完整安裝進去，只要方天進入了那個太空艙，他就能完全操控火箭的運作。」

　　説到這裏，我嘆了一口氣，「如今問題在於，怎樣製造混亂，使方天有機會從法庭**逃脫**出去**？**製造火警嗎？切斷所有電力？或者我易容蒙面，強行劫犯？但好像**把握**都不大。」

　　小納忽然仰起頭來，「這方面的話，**我倒有一個辦法！**」

第卅九章

地球人的新發明

我**大喜過望**地望着小納，他繼續説：「我是念農業科學的，我發現，防治蝗蟲最好的方法，莫過於彌天大霧，大霧使**蝗蟲**辨別方向的能力消失，只能向高飛，而高空的空氣流動，卻又對蝗蟲大大不利，於是，蝗蟲便受傷跌落地上，不能為害了。」

「你的意思是——**製造大霧？**」我問。

　　小納看看四周，低聲道：「我在實驗室和遼闊的海面上工作了三年，發明了一種 ✛觸媒劑✛，我稱為『霧丸』，只要一通電，便能夠使空氣中的水蒸氣，凝為 霧珠，即使在室內，效果也比任何煙幕彈來得好。我剛好帶了一顆霧丸在身邊，使用方法很簡單，我將它接觸普通電流就可以。」

　　我漸漸看到 希望 了，「那麼請你去辦，同時請你準備一輛快速的 汽車，停在辦公大樓門前。而我就負責去告訴方天。」

　　「你有辦法聯絡他，而不讓其他人知道嗎？」小納疑問。

我想了一想，深吸一

口氣說：「我想應該可以

的。」

　　於是我們互相點了點頭，

便 **分頭** *行事*。

我回到臨時法庭去，我當然不能

直接告訴方天，也不能透過其他人或物件來

告訴他。我唯一能做的，就是閉上雙眼，腦

裏默念着：「方天，我已經想出辦法了。等

一會，會有**突***如其*來的大霧，到時你立即

趁機逃出法庭，我會設法替你開路。在辦公大樓

門外，會有車子等着，你直駛向火箭，啟動火箭回老家

去吧。」

我不斷重複  着這番話，希望方天看見我閉着眼睛，會明白到我正在透過腦電波向他聯繫，繼而懂得用他那強烈的腦電波來讀取我的信息。

當我重複默念了十多遍之後，我突然感覺到方天在對我說：「**我明白了！**」

我立刻睜開眼睛，看到他向我微笑點了一下頭，我便知道，他已經接收到我的信息了。

這時候，主控官正在以**慷慨激昂**的聲音，敘述在納爾遜死後，於方天的辦公室中，發現能遙控使太空艙產生大量陽電子的裝置。齊飛爾將軍則**全神貫注** 地聽着。

我心中在暗暗着急，因為小納所說的濃霧還未來到。方天也在頻頻**四面張望**，當然他一定比我更急了。

又過了十分鐘左右，主控官的控詞已將到尾聲了，我也焦急到了**坐立不安**的程度，就在這時候，門外有人在叫：「什麼情況？**好大的霧！**」

同時，我看到門縫和窗縫中，有絲絲縷縷**濃白色**的煙霧滲進來，而且非常迅速地蔓延開去。還不到兩分鐘，法庭裏所有人的足部，都已被淹沒在濃霧之中了**！**

那**突如其來**，濃得如此出奇的濃霧，使主控官也停止了宣讀控訴書，法庭內人人都低頭向下看着。濃霧像是氾濫洪水一樣，迅速向上漲，在不到半分鐘的時間內，每一個人的下半身都已沒入**濃霧**之中了！

根據濃霧上漲的速度來看，再過半分鐘，方天就可以**採取行動**了**！**

我站了起來，在每一個人都驚惶失措的時候，我來到了門口。

這時，每一個人都只能見到對方的頭部，就像許多個**頭顱**在半空*浮動*着一樣。

我將頭也沒入濃霧之中，什麼也看不見，只能看到白色一片，當然也沒有人能看見我了。我憑着記憶去摸索，把門推開。這時候，房間裏已經充滿了濃霧，連半個頭顱也看不見了。

我等在門口，突然之間，感到有人在我身旁**掠過**，也就在這時，響起了齊飛爾將軍極其嚴肅的命令：「**加強守衛！**」

我判斷剛才掠出去的是方天，於是我橫跨一步，阻住了門口，然後雙手**猛力一推**，不知推倒了多少個人，傳出一陣陣**埋怨**和**呼叫**的聲音。

似乎是守衛的人在大聲喝道：「什麼人阻住去路？」

我當然不出聲，立即轉身退了出去。

走廊和大堂之中，也瀰漫着濃霧，除了聽到嘈雜的人聲之外，什麼都看不到。我靠着地上給盲人指路的 **坑紋** **地** **磚**，往辦公大樓的大門方向衝去，撞到了七八個人之多，終於走出了大樓。

這時，濃霧不但 *瀰漫* 了整座辦公大樓，而且，以辦公大樓為中心，正向四面擴散開去，當我走出大門口時，我仍是什麼也看不見，只聽到一陣車子發動聲。我深信是方天 **開動** 了為他準備的車子，直駛往那火箭。

我繼續向外奔去，奔出兩三丈後，終於走出了濃霧的範圍，轉身一看，整座大樓已被濃霧所 **籠罩**，不斷有人從大樓逃出來，叫喊着：**「什麼事，究竟發生了什麼事？」**

忽然間，有人拍我的肩膊，我回頭一看，原來是小納。

　　「我剛剛看到方天開車駛向火箭了。」小納說。

不出我所料，開車的人果然是方天，而我現在擔心的，反而是這濃霧，便問小納：「你這發明太厲害了，可是濃霧不斷向外擴展，何時才能消散**？**」

他面有難色地說：「**我闖禍了！**」

我嚇了一大跳，「闖禍？」

「由於今天天氣異常潮濕，濃霧形成後，在空氣中產生了**連鎖反應**，使濃霧不斷蔓延，我也沒想過情況會如此**誇張**。看來這一場大霧會持續蔓延下去，直至天氣轉變，有強大而乾燥的**烈風**吹襲為止！」

我正瞠目結舌之際，突然一陣刺耳的「**嗚嗚**」聲響起來，那是緊急警號。各處的廣播器隨即傳出緊急的聲音：「緊急命令！在M17號火箭附近的人員，必須立即退避**！**現發現該枚火箭的燃料正在自動燃燒，有可能發生強烈爆炸。**緊急命令！立即退避！**」

聽完這個緊急命令之後，我和小納反而放下心來，因為我們知道，方天已經到達那枚火箭，正在發動火箭離開！

這時火箭基地已有一半陷入了濃霧中，但我和小納身處的幾尺範圍內卻能保持清明，小納拿着一個如豆袋般的東西解釋說：「這也是我特製的**強力乾燥劑**，但只

能在小範圍內有效。」

我想了一想，立刻拉着小納跑回大樓去，「我們去方天的辦公室 **!**」

借助着小納的乾燥劑，我們撥着濃霧來到了方天的辦公室。我們將門窗都關上，在乾燥劑的作用下，房間裏的霧十分稀薄，**視野** 👁 比較清楚。

我來方天的辦公室，本來是想借助監視器，與太空艙裏的方天 **聯繫** 的，可是我發現那些裝置已經被拆除了。

我正失望之際，辦公桌上的 電子鐘 突然閃着 **紅燈**，還發出「\嘟嘟/」的聲響。

我以為是鬧鐘響了，嘗試停止它，怎料我按下一個 **按鈕** 時，竟聽到了方天的聲音：「衛斯理，我希望你能聽到我的聲音，我馬上要回去了，實在感激你們對我的幫忙！」

我和小納都呆住了，這不是普通的電子鐘，而是一個 **通訊器**！

這時候，窗外傳來一聲震耳欲聾的轟然巨響，我和小納望出窗外，只見濃霧中，火箭所在的地點噴出強大的火光，同時，**M17 火箭**突破濃霧，沖天而去！

第四十章

那電子鐘又傳來方天 **興奮至極** 的聲音：「我升空了！我升空了！我可以回到家鄉去了！」

我立刻嘗試對着電子鐘説話：**「方天！我是衛斯理，你聽到我的聲音嗎？」**

但方天好像聽不到我的聲音，只是不斷地「 **自説** 自話」，抒發他興奮的心情。

後來方天又説：「那個電子鐘其實是我特製的 **太空** **⚡收音機⚡**，即使我回到我的星球那麼遠，我一樣可以向它傳播我的聲音，不過你的聲音卻不能傳過來。所以我不知道是否有人在聽我講話，也不知道在聽着的人是誰，是不

是衛斯理？但我都不在乎，我只想對地球暢所欲言，因為我已經憋得太久了，哈哈……」

我和小納都笑了起來。

與此同時，大樓的 廣播器 亦傳來齊飛爾將軍發布的命令：「 M17 火箭 自動飛向太空，原因不明。基地上的濃霧，已證明無毒無害，估計是天氣變異所產生的現象。所有人員保持冷靜，暫時不要外出，留守在原來的辦公室或宿舍中，基地會安排供應食物及提供一切援助，直到濃霧消散為止。」

我坐在沙發上，向小納一笑：「我們就留在這裏等吧，反正食物會有人送來的。」那電子鐘不斷傳來方天 興奮 的聲音，我將聲音盡量 調低，以免被其他人發現。

方天在敘述着太空 黑沉沉 的情景，沒多久，他忽然高呼道：「我已經越過月球了。」

經過了月球 ⬤ 之後，

方天又說了許多話，包括再

次對我和小納道謝，又對木

村信、納爾遜等人之死表示

遺憾 和 傷感 等等。他更不斷

把自己在地球這麼多年來經歷的事

蹟、歷史秘聞和感受說出來。

正如他所講，在地球的日子，他為了隱

藏身分，不能 暢所欲言，實在憋得太久

了，如今已不再害怕被人發現是外星人，想起什

麼就說什麼，而我和小納也聽得 津津有味。

送 食物 的人，按時送來食物，方天的辦

公室內有 獨立廁所 🚽 ，我和小納完全

沒離開過房間半步。

基地方面，正不斷地設法驅散濃霧，卻總是不成功，濃霧已蔓延至數百里以外了。如今唯一的希望，便是等待一股強大而乾燥的 季候風 在幾天後到來，將濃霧驅散。

　　四天過去，方天講得累了，話 愈來愈少，他提到在太空中見到一些屬於地球的太空船和人造衛星 殘骸。

　　到了第五天，他說在太空中找到了他同伴的 屍 體。他的同伴，就是和他一同在地球迫降時受傷、將那具導向儀交託給井上四郎後，便飛回太空等死的那個「天外來人」，他會把同伴的屍體帶回去。

第六、七天，方天所說的話不多，但興奮的心情卻**有增無減**，因為他快將抵達自己的**星球** ● 了。

與此同時，季候風也快到了，預計在二十四小時之內吹到基地，到時有望令濃霧散去。也就是說，在方天到達家鄉星球的時候，我們也同時在濃霧之中被解救出來了。

我鬆一口氣說：「好了，事情快 終 結 了！」

誰都以為事情就這樣完了，可是**出乎意料**，還拖上了一個尾巴。

在第八天的下午，方天突然叫了起來：「我看到我的星球了，時間和我預算的差不多，我開始降落了，我回到**家鄉**了*！*」

方天的聲音非常興奮激動，一邊降落，一邊描述：「啊，我熟悉的山川河流，啊，**費伊埃悉斯**──那是我

們星球上最高山峰的名字；**勤根勒凱奧**——那是一個大湖。是我們最美麗的山，和最美麗的湖！」

「我離我久違的土地**愈來愈近**了，我看到新建築物，我要降落在我自己國家首都的大廣場上。但奇怪得很，我離地面已十分接近了，為什麼還沒有飛行船迎接上來呢**？**為什麼沒有人和我作任何聯絡**？**」

方天的聲音漸漸變得疑惑。

「我着陸了，很成功。啊！這是什麼？是人群來歡迎我了，在通向廣場的所有街道上，都有人向我的太空船湧過來，看來是歡迎我的——」説到這裏，方天突然**驚叫起來**：**「啊！不！不！這是什麼？這是什麼？」**

我和小納大感**驚訝**，不約而同走到那電子鐘的旁邊，緊張地傾聽着。

方天的聲音很**慌亂**：「這是什麼？他們是什麼？他們不是人……是我從來未見過的怪物！他們圍住了我的太空船！他們像**章魚**，手腳長得像**藤條**一樣，而且他們只懂得傻笑。**我的天啊！**我認出來了，他們確實是我們星球的人，但為什麼全變成這個**模樣**？」

方天不斷地喘着氣，突然像恍然大悟地說：「我明白了！在我離開的時候，七個國家幾乎在同時發明了一種厲害的武器。雖然我們的星球上是沒有戰爭的，但對**毀滅性武器**的研究，卻*不遺餘力*，那種武器能破壞人的腦部組織，甚至會使**生物變異**……」

方天的聲音愈來愈沉重，「由於這種毀滅性武器，即使在試驗階段也有可能引起巨大災難，所以七國之間訂下了協定，大家都不准製造，可是……現在……」

方天**嗚咽**着說：「現在顯然是誰也沒有遵守那個協定，每個國家都在 *暗中試製*，結果災難真的發生了，我們星球的人全變成了怪物。我怎麼辦？我回來幹什麼？

我為什麼要回來？」

方天在**聲嘶力竭**地呼叫着：「**這不是我的家鄉，我不要回來！**你們想幹什麼？你們別過來啊！衛斯理，你聽到嗎**？**我——」

方天的話顯然還沒有講完，但電子鐘上的紅燈卻忽然**熄滅**，而且再沒有任何聲音傳過來了。

我和小納都聽到**膽戰心驚**，不知道方天遭遇了什麼，但他用來傳播聲音的裝置則顯然已被**破壞**了。

就在我們對方天的下場感到模糊之際，窗外的景象卻漸漸變得清晰起來，強烈的季候風依時吹到，慢慢把濃霧驅散了。

沒有人知道這場濃霧的由來，我和小納都安然離開了基地，他要回歐洲去，我則回家來。

　　每逢晚上當我望着**夜空中的繁星**，我總會想：方天究竟怎樣了？他的星球有着高度文明，卻自己毀滅了自己，地球人會不會步他們的後塵呢？

　　至於那個「**太空收音機**」，我據為己有，一直放在我的書桌上，當作 電子鐘 使用。希望有一天，那紅燈會突然又閃起來，響起方天的聲音，給我帶來**好消息**，告訴我一個完美愉快的 結 局 。

案件調查輔助檔案

殺一儆百

聽說長老有三個之多，殺掉一個也沒有什麼大不了，反而能**殺一儆百**。

意思：處死一個人，借以警戒許多人。

非同小可

怎料兩個胖子卻**非同小可**，肚子中了拳，依然不動如山，還冷冷一笑。

意思：形容事情重要或情況嚴重，不可忽視。

身先士卒

在房門連櫃子將要倒下來之際，我們別無選擇了，我**身先士卒**，向窗外跳出去，納爾遜隨之，而方天最後也不得不硬着頭皮，跟我們一起跳！

意思：指作戰時將帥親自衝在士兵的前面，奮勇殺敵。

匪夷所思

「你們救人的方法，就是在這裏挖地道上去嗎？」納爾遜感到**匪夷所思**。

意思：形容事物的離奇或複雜。

毛骨悚然

我和納爾遜感到有點**毛骨悚然**，我嚥下了一口口水，問道：「你的意思是，那只是一種思想？」

意思：毛髮豎起，脊骨透寒。形容非常恐懼驚駭。

面面相覷

我們**面面相覷**，立刻拔足往原路奔回去。

意思：形容大家因驚懼或無可奈何而互相望着，都不說話。

危言聳聽

我絕不是**危言聳聽**，這樣的事絕對有可能發生。

意思：指故意說些誇大的嚇人的話，使人驚疑震動。

暴跳如雷

我一聽方天這樣說，不禁**暴跳如雷**，一拳打在桌子上，怒罵道：「胡說！我們為了救你，為了掩飾你的身分，不惜以身犯險，付出了多少代價？

意思：形容人盛怒時的樣子。

當頭棒喝

方天禁不住對我**當頭棒喝**：「笨蛋！你認為無形飛魔離開了，就不會回來嗎？當它們繁衍到沒有足夠的寄生體時，便會捲土重來，大舉侵入地球！」

意思：泛指使人震動和醒悟的猛烈手段。

衛斯理系列 少年版 10

回歸悲劇 下

作　　　者：衛斯理（倪匡）

文 字 整 理：耿啟文

繪　　　畫：余遠鍠

責 任 編 輯：周詩韵　彭月

封面及美術設計：BeHi The Scene

出　　　版：明窗出版社

發　　　行：明報出版社有限公司

　　　　　　香港柴灣嘉業街 18 號

　　　　　　明報工業中心 A 座 15 樓

電　　　話：2595 3215

傳　　　真：2898 2646

網　　　址：http://books.mingpao.com/

電 子 郵 箱：mpp@mingpao.com

版　　　次：二〇二〇年二月初版

　　　　　　二〇二〇年七月第二版

I S B N：978-988-8525-30-0

承　　　印：美雅印刷製本有限公司